CB066773

NOZ

Evandro
     Affonso
Ferreira

Moça _____ quase-viva

enrodilhada numa _____ _____ amoreira quase-morta

Para M.
(Possivelmente seria segredo se este M.
não fosse de Marcela)

PARTE I

O amor é a única paixão que se satisfaz com uma moeda que ela própria fabrica.
STENDHAL

Minhas palavras afoitas, impulsivas, vivem sob os eflúvios da própria rejuvenescência – motivo pelo qual escapam a todo instante das páginas e procuram, sorrateiras, você, seu belíssimo e cheiroso e sensualíssimo corpo. Procuram, e encontram. Agora elas se misturam com as gotículas do seu suor e se lambuzam de gozo visitando todos os seus poros e todos os seus pelos de todo o seu magnífico, deslumbrante corpo. Sim, minha Musa, minhas palavras, num conluio erótico, e equânime, escolhem três vogais e três consoantes, e se juntam e se acoplam e se transfiguram na palavra LÍNGUA para deslizar com mais sentido sensual toda a sua esplendorosa nudez. Palavra-língua que se junta à palavra-sexo que se junta à palavra-corpo que, juntas, se transformam numa só palavra: AMOR.

Ah, minha amada Musa, vou morrer logo –
você precisa apressar seu amor por mim.

Não, minha Musa, não diga nada:
apenas não me impeça
de aconchegar você nelas,
minhas impossibilidades.

Quando? Ah, nunca, possivelmente nunca. Sim: minhas palavras-braile possivelmente nunca vão ler seu corpo inteirinho.

Possivelmente sejam as armadilhas do Acaso, ou as surpreendências do Inesperado – sei que são os impulsos do Encantamento, a afoiteza da Alma, as inquietudes do Coração; sei que você chegou de repente descalça sobre meu corpo todo e toda a minha existência; sei que há um enorme fuso horário atravessando nossa viagem. Entanto, gostaria de viajar qualquer hora com você de mãos dadas para lugares invisíveis dentro de nós mesmos – viagem utópica, cheia de sonhos impossíveis.

Não posso

morrer para sempre

sem viver você

um pouquinho.

Ah, minha amada Musa: enlouqueça meia hora comigo numa tarde qualquer de uma sexta-feira qualquer numa cidadezinha drummondiana qualquer.

Sorriso escasso – eu era meu próprio cortejo de perspectivas inacessíveis. Sim: reduzido a quase--nada, coisa-nenhuma – antes de conhecer você. Sensação de que aquele seu inédito *oi*, aquela singela-primeira exclamação havia debelado de súbito todas as minhas adversidades. Sim: você desfez aquela intrincada trama dos descompassos dela, minha esperança.

Sou inconstante, indeciso, recheado de tatibitates: agorinha mesmo fiquei com a nítida sensação de que você vai, a qualquer momento, me tirar desta angustiante região sombria das impossibilidades.

Ah, meu amor, foi pensando o tempo todo em você que adquiri o hábito de apalpar o impossível.

Já havia me afeiçoado há muito tempo à melancolia e toda sua tribo angustiosa – antes de você chegar.

Ah, minha Musa quase-viva, você que vive enrodilhada numa amoreira quase-morta deve se lembrar ainda daquela frase daquele homem quase-santo, quase-sábio – sim: *Todo dia é um bom dia para morrer*. Ah, eu e minha amiga niilista lírica possivelmente acrescentaríamos algo nesse belíssimo aforismo: *Todo dia é um bom dia para morrer... de amor*. Sim, eu sei, minha Musa: cheguei tarde aí nos arredores de sua transcendência idílica – culpa dela, minha precipitada-personalizada afoiteza septuagenária. Ah, o tempo, meu tempo sempre foi afeito aos Despropósitos, sempre em consonância com o Desapropriado. Mas você pode (exatamente como fez minha amiga niilista lírica) se retirar de vez das vielas do Incompatível e apascentar seu rebanho de imprecisões e hipnotizar as desavenças do Destino, subjugando ventanias, encapsulando os redemoinhos do Desamor. Sim, pode, minha Musa, ainda há tempo. Vem! Você pode acalentar minhas intuições desastrosas sobre meu próprio amanhã. Vem! Juntos não viveremos mais inadequados a nós mesmos.

Ao seu lado o tempo para:
não me preocupo de jeito nenhum
com o daqui-a-pouco.

Entretanto, havia sempre
um entretanto atravancando
meu caminho – antes de conhecer você,
minha amada Musa.

Você me tirou
daquele barco desarvorado-aturdido
nas águas da inquietude.

Fernando Pessoa disse
que o poeta é um fingidor.
É sim: finjo que você me ama.

Difícil-dificultoso coordenar esse confuso fuso horário entre primavera e outono: você, flor-lírio-lírico; eu, orvalho caindo sobre mim mesmo – flor emurchecida-anoitecida. Difícil-dificultoso, eu sei, seus passos largos, altivos, se embrenharem neles, meus caminhos estreitos, tímidos, de horizontes exíguos. Mas os sonhos, os delírios não levam em conta as bifurcações do Acaso, as intempéries do Desarrazoado: fantasias do amor vivificam utopias mortas há tanto tempo no subsolo de nossas desesperanças; sonho idílico rejuvenesce, desperta os deuses da Expectativa-Favorável-Esperançosa, cujo nome é Recomeço. Sim: seu olhar-poema trouxe de volta meu barco-poeta encalhado num porto distante qualquer mais de meio século atrás.

Vamos, minha Musa, escarafunchar a sombra um do outro com o facho de luz das possibilidades? Sim, eu sei: a vida é uma farsa, mas vamos cometer esse engano, juntos, de mãos dadas pelas ruas e vielas e sumidouros das ilusões?

Ah, meu amor,
não entendi o motivo pelo qual
os deuses não me mostraram
há mais tempo seu endereço no mundo:
não vou perdoá-los
pelo descuido topográfico.

Eu? Carregava o estigma da Desventura – costumava dizer que não duvidava de jeito nenhum de certos-muitos-incômodos fadários; não conseguia detectar a procedência daquele som indistinto, possivelmente trilha sonora da Melancolia, esta que é indiferente às oblações, aos incensos, às mirras; desconfiava que tudo era plangência do Banzo. De repente, quando já estava me acostumando com as sabotagens do Acaso, você chegou... e me mostrou que as aragens utópicas não eram destituídas *in totum* de Triunfos.

Sem você? Era cúmplice costumeiro
dos deuses da compaixão;
mantinha a alma povoada
de adversidades.
Às vezes fingia cochilos para
acalentar intuições desastrosas
sobre o próprio daqui-a-pouco.

―――――――――――――――――
Vem!
Sou este aqui,
invisível,
acocorado no canto,
carente de apalpamentos.

Ah, minha amada Musa, você não precisaria tirar a roupa, eu não precisaria tirar a roupa, mas ficaríamos, juntinhos, deitados numa cama de um quarto de uma cidadezinha drummondiana qualquer, numa tarde qualquer numa sexta-feira qualquer. Sim: eu ficaria lendo para você textos de Kazantzákis falando de um certo ateu à procura de Deus... Depois, leria Bruno Schulz falando-perguntando se existiu ou não a Época Genial. Depois, depois não sei se teria coragem de tirar a roupa e mostrar a cicatriz cardíaca que tenho no peito: as cicatrizes na alma, sim, mostraria todas elas – sem constrangimento.

Quando não tenho nada, absolutamente nada
para fazer, feito agora, penso em você – isso é
absolutamente tudo.

Não durma ainda, meu amor: preciso acariciar um
pouquinho mais a quase-chegada do seu sono.

Minhas perspectivas favoráveis praticaram recuos estratégicos durante sete décadas; tudo desabava de repente a poucos passos do quase-acontecendo. De repente, você chegou. Especializava-me em aglutinar agonias, em arregimentar exasperações – até que...

Amada musa: esperei 73 anos para ficar com você possivelmente uma única tarde de uma única sexta-feira. Ah, conhecendo-pensando em você o tempo todo consegui inverter esse número: agora tenho 37.

Vivia o tempo todo tropeçando nos Incompreensíveis, antes de conhecer você – agora consigo afastar os obstáculos obtusos do Não-Acontecimento e seus inconvenientes apetrechos. Você chegou ali, naquela horinha em que minha desesperança queria, a todo custo, contornar o Inexistente; naquele momento no qual solidão era tanta que eu já começava a decifrar os estalidos dissonantes da Insensatez.

Ah, minhas palavras ficaram de repente cabisbaixas, acocoradas no porão do Desconsolo. Mas, num mutirão excitante, juntaram suas dezenas de vogais e consoantes afrodisíacas e levantaram altivas e chegaram aí até seu corpo deslumbrante e belo e semelhante aos néctares do Olimpo. Sim: elas agora estão aí roçando vagarosamente todos os pelos e todos os orifícios dele, seu sensualíssimo corpo. Sim, minha Musa, você agora está deitada de costas e elas, minhas palavras, acariciam, uma por uma, todas as penugens que se aconchegam prazenteiras nos meandros dela, sua região glútea.

Antes? Preocupava-me em estabelecer as propriedades das figuras do Desconsolo; em decodificar a caligrafia garranchosa do Desengano; em justificar meus gemidos melancólicos que surgiam de escantilhão; em tentar, inútil, ajustar os Desacontecimentos uns aos outros; em destrinçar acasos, ocasos. Agora? Penso em você e vejo, logo ali adiante, as perspectivas favoráveis espalhando (prazenteiras) suas contingentes ramificações.

Minhas manhãs de desesperanças
eram imensas. Agora?
Você chegou para reduzi-las
à última expressão.

Ah, minha amada Musa;
você, ao contrário deste poeta-pobre-diabo, aqui,
nunca será o etecétera da frase de alguém.

Ah, meu amor, ontem, madrugada chegando, pensei em você naquela mesa de bar comemorando com amigos. Minhas palavras, abstêmias, titubearam, tímidas, claudicantes e se recolheram altivas, generosas, pensando nele, no Joachim, amado americano de Hannah Arendt, quando ele dizia para ela viajar e se divertir e ver sua antiga paixão heiddegeriana. Sim, dizia, altivo: *Vai ver seu filósofo, vai: seu colo estará aqui esperando por você.*

Pudesse, facilitaria seus passos sendo eu mesmo seu caminho. Pudesse, seria a ponte sobre a qual você encontraria sua própria caminhada. Pudesse, levaria você, de mãos dadas, até o topo da Montanha das Surpreendências; até a cidadela das Utopias amorosas que fica, possivelmente, pouquinho depois da cidadela da Transcendência. Ah, meu amor, minha amada musa: vamos, de mãos dadas, caminhar em direção àquele rochedo ali, cujas pedras nos ajudarão a estilhaçar todas as vidraças das impossibilidades amorosas. Ah, feche os olhos, não veja minhas rugas, não veja no meu olhar minha desesperança septuagenária – feche os olhos, venha caminhando-tateando entre minhas imaginosas, agora esperançosas Veredas das Possibilidades.

Ah, minha amada: pensando em você consigo desvendar os meandros esperançosos que se camuflam no subsolo da Utopia. Sim: pensar em você é viver na espreita dos Esplendores.

Solidão era grande demais:
eu já havia sido hipnotizado pelo Arredio.
Entanto, você chegou.

Sim:
vivia tempo todo transitando
pelas vielas da vida
à semelhança de palavras que, exasperadas,
andam a trouxe-mouxe
procurando,
inútil,
o aconchego das frases.

Entanto, você chegou.

Ah, minha amada amiga niilista lírica: você que ama e é amada, você que sabe apalpar o Inexistente e sabe acariciar o depois-de-amanhã, sim, você que transita faceira entre vielas da Eternidade Idílica, hem? Você viu, você sabe, você consegue seguir as pegadas daquela moça quase-viva que vivia, até ontem, se enrodilhando dia quase todo naquela amoreira quase-morta? Hem? Você, minha amada amiga niilista lírica que conhece e transita pelas veredas sublimes do Grande Amor, você saberia me dizer se aquela moça começou de repente a se enrodilhar noutra árvore muito, muito mais frondosa que aquela amoreira quase-morta, feito eu? Hem?

Aconteceu agorinha
o mais cruel e devastador
de todos os assassinatos:
a Musa matou seu Poeta.

Oi, minha amada amiga niilista lírica, aconteceu o milagre da ressurreição poética: foi nesta madrugada, exatamente às 4 horas e 8 minutos, quando a Musa espargiu lágrimas vivificadoras sobre o corpo morto do Poeta, que, à semelhança de Lázaro, levantou e andou e caminhou sobre os próprios versos.

Ah, minha amada Musa:
descobri agorinha que pensar
na possibilidade daquela
tarde qualquer
numa cidadezinha
drummondiana qualquer
numa sexta-feira qualquer
é angariar
Plenitudes.

Vivia numa região oprimida pelos eclipses existenciais, cuja duração prolongada desrespeitava preceitos astronômicos provocando inquietude à ordem natural das coisas – antes de conhecer você.

Ah, minha amada amiga niilista lírica: sabe aquela amoreira quase-morta que fica num quintal jabuticabeiro de uma certa livraria? Olhei ontem, à tardinha, atentamente, e descobri que ela está quase-viva: ela existe, e aquela moça que vive enrodilhada nela dia quase todo também está quase-viva, e percebi outra coisa: ambas carecem-precisam do niilismo metafísico de minha quase-existência. Para ser mais exato: precisam-carecem de minhas palavras quase-mortas.

Perdão, leitor,

se você tem certa dificuldade para ler direitinho,
entrar no subsolo,
nos escaninhos
de certas palavras. Esplendor, por exemplo,
começa com M.

Às vezes fico quieto, acocorado num canto de mim mesmo estudando a anatomia do impossível. Sim: ele, o impossível, vive-mora no subsolo da transcendência – pertinho, a poucas quadras de você, minha Musa.

Ah, minha amada Musa, você que vive dia quase todo enrodilhada numa amoreira quase-morta, sim, você sabia que as amoras são vermelhas por causa de uma triste história de amor? Você sabe que poderíamos vivificar essa amoreira quase-morta com os eflúvios encantados de nosso quase-amor? Sim: descobri hoje à tarde, olhando nos seus olhos que você (à semelhança dela, minha amada amiga niilista lírica) também é afeiçoada aos Sutis; que também é capaz de recauchutar o tempo; que também pode ver-ouvir vento tênue trazendo para nós as frondosas folhas da esplendorosa árvore das Probabilidades. Sim: você também (à semelhança dela, minha amada amiga niilista lírica) sabe transitar faceira no daqui-a-pouco, entende também o motivo pelo qual a natureza deu ao vaga-lume o privilégio da fosforescência. Sim: vi-li hoje nos seus olhos que você sabe exercer com razoável competência o ofício de polir as lentes dos enigmas do Grande Amor. Sim: descobri hoje à tarde que você sabe, entre tantas outras coisas, escavar Silêncios para tirar proveito da Quietude.

Ah, minha amada amiga niilista lírica: minha amada
Musa está lendo
A morte de Virgílio,
sim, de Hermann Broch.
A morte de Virgílio... motivo pelo qual não anda se
preocupando muito
com a minha morte.

Às vezes fico pensando em escrever algo sofisticado, poético-filosófico, sim, qualquer aforismo inteligente, interessante, com o propósito de deixar você interessada por mim. Exemplo? Morrer é um grandioso-eterno gesto de solidariedade aos que não vivem.

Ontem falei para minha amada Musa que estava escrevendo um livro sobre ela, e eu. Sim: um livro platônico, imaginário, livro dentro do qual as palavras ficam tempo todo apalpando o Invisível. Comentário poético, dela: *Sim, leve nós dois para passear por aí dentro das suas palavras.*

Pedi agorinha para minhas palavras flutuarem comigo nesse hiato no qual vivo: entre o Inatingível e o Impalpável; mas, elas, rebeldes, numa guerrilha sensual, se embrenharam numa mata afrodisíaca que elas, as palavras, denominam poeticamente de pelos púbicos. Sim, minha Musa, seus veludosos-excitantes pelos púbicos. Sim, elas, minhas palavras, querem agora viver-morar o resto de suas vidas gramaticais no divino bosque, no deslumbrante átrio dele, seu sexo voluptuoso.

Quando transito pelas veredas gramaticais das reiteradas inquietudes; quando vivo me refugiando nas frias quase insondáneis regiões dos afligimentos, digo a mim mesmo: será que ela, minha amada musa, vai chegar de repente para abafar de vez esses ruídos estarrecedores dos meus reiterados desacertos?

―――
Quando
quero
esquivar-me
dos
feitiços
das
Desventuras,
penso
em
você,
meu
amor.

2019. Meia-noite e um minuto.
Nosso poeta Drummond sussurra no meu ouvido:

Aquela tarde daquela sexta-feira é daqui-a-pouco.
Aproveitei para perguntar: *Como é a vida aí no Céu?*
Resposta: *Triste – ainda não vi nesse tempo todo nenhuma Marcela.*
    Eu disse: *Sim, poeta, o Céu é aqui.*

Eu? Lugarejo despovoado, talismã da Desolação: era possível ouvir tempo todo galope do Vazio – antes de conhecer você. Sim: carecia do Acontecimento; vivia acastelado entre as muralhas da Monotonia. De repente, me procumbi, espontâneo, diante do Inesperado: Você. Sim, minha amada Musa: antes, vivia nos arredores do Agora, nos arrabaldes do Instante, considerava-me precursor do Desalento – até que...

Ah, minha Musa, por favor, não me deixe ficar assim acostumado com a prematuridade do Desencanto e com as dubiedades do propício. Outro pedido igualmente desesperante: não permita que eu me exponha, cabisbaixo, diante dos tentáculos do Imponderável.

Antes de
ver-conhecer-imaginar você,
minha Musa,
cidade inteira, tudo-todos,
até mesmo as alamedas
debatiam-se na incerteza,
andavam às apalpadelas
sobre sua própria
condição arvoreda.
Agora,
consigo esquivar-me
da fulminância
do Improvável e da obstinação
rancorosa do Desencanto.

Você me instalou no plausível
– mesmo que todo esse delírio,
essa utopia-idílica não dê frutos,
vou nunca-jamais me dedicar
ao plantio de arrependimentos.

Antes de você chegar, minha amada Musa, eu ainda não havia entendido o simbolismo dela, minha própria vinda.

Foi tudo uma quase-cilada
– antes de conhecer você: vivia tempo todo
favorecendo o predomínio do desconsolo.

Meses atrás,
andava pelas ruas desta metrópole apressurada

à procura do monumental,

do definitivo.
havia imposto a mim mesmo empreitada demiúrgica,
tarefa-óptica-transcendente:
encontrar possíveis-minuciosas
alegorias idílicas no olhar
de transeunte qualquer
– foi quando esbarrei em você,
minha amada Musa.

Seu jeito de caminhar com leveza e sensualidade sobre a própria juventude acelera meus passos imaginários a caminho das veredas do rejuvenescimento; seu sorriso sublime sublima a perspectiva de minha bem-aventurança idílica; reanima minha esperança de driblar com altivez as próprias derrocadas amorosas. Você chegou de repente, macia, veludosa, resplandecente em meu caminho iluminando-aquecendo minhas dezenas, quase uma centena de invernos desacolhidos de afagos. Ah, minha Musa Marcela, vem comigo: ontem colhi, sub-reptício, no seu olhar, *hocus pocus* qualquer, poção mágica qualquer capaz de me consagrar movimento involutivo, me permitindo voltar trinta, quarenta anos, talvez. Ontem, deixei a velhice ali no quintal das possibilidades, pendurada num Estendedouro de Primaveras. Vem! Poeta-Poesia, juntos, conseguem aglutinar, concatenar essas horas, esses dias, esses anos desencontrados no meio do caminho do fuso-horário, nosso fuso horário.

Sim,
quando olho no espelho
entendo seu lírico e poético
e gentil desprezo:
também só vejo em mim, comiserativo,
um amontoado de palavras.

É nítido o fulgor vocabular delas, minhas palavras, quando querem-precisam se aproximar se apropriar de você, do seu corpo-todo. Sim: é perceptível o êxtase-sintático delas quando fogem excitadas do próprio leito-léxico imaginando que daqui-a-pouco, agorinha, vão se aconchegar noutro leito mais veludoso e mais afrodisíaco: seus pelos púbicos, minha amada Musa.

Ah, esse indisfarçável tatear-sonâmbulo delas, minhas palavras, possivelmente procurando você. Entre um cochilo e outro percebo que elas fogem, sorrateiras, do meu sono, e, emancipadas, escapam pelas frestas das portas e janelas deste meu quarto-claustro-solitário atafulhado de afetos invisíveis. Sinto-pressinto que elas voltarão decepcionadas, desiludidas: descobrirão que já caíram em desuso – sim: surpreenderão você aconchegada noutras palavras de um outro poeta. Ah, elas, minhas palavras, não sei, mas eu já estava sentindo-prevendo que mais cedo, mais tarde, perderia a amada que nunca tive.

PARTE II

PART II

E se nessa luta ele se declara morto, é que a morte lhe dá maior panorama da vida.
JORGE DE LIMA

Oi, meu Poeta, quero-preciso me enrodilhar outra vez nos seus versos. Vem! Vamos transcender, deixar na penumbra, desfazer essa rima inútil das vicissitudes, das circunstâncias acidentais-ocasionais. Vem! Abandone de vez esse inócuo-desnecessário ofício de arregimentar Inquietudes. Não, meu Poeta, não fique aí acocorado num canto de si mesmo espreitando-querendo apalpar sintaxe invisível, tentando-procurando refúgio nos sumidouros e nos subsolos e nos porões de uma dilacerante-desapartada gramática. Vem! Careço-preciso me envolver de novo nos seus entrançados poéticos e estrotejar e galopar sobre seu poema--corpo, seu sexo-sáfico, seus pelos púbicos-elegíacos. Vem! Minha língua lírica, voluptuosa, quer-precisa tangenciar-lambuzar seus poros todos – até mesmo aqueles fluentes-afluentes pequenos orifícios na superfície heteronômica de sua pele. Vem! Sinto falta delas, aquelas contínuas intervenções líricas-idílicas de suas palavras sonoras, aliterantes, luxuriosas. Ah, meu Poeta, explique o motivo pelo qual você se apegou, se afeiçoou às sabotagens vocabulares, às propositadas obstruções versejadoras. Poeta, impelir para longe, segregar a própria Musa é sabotar, boicotar arrebatamentos, é subjugar fascínios, é debelar deslumbres. Eu? Musa? Agora, aqui, caminhando a trouxe--mouxe pelas vielas e veredas dos não-versos, pelos becos e cantos dos não-cânticos. Ah, Poeta, por que esse súbito-abrupto e inesperado apego às páginas em branco, ao vazio-vocabular? Musa não sabe apalpar invisibilidades poéticas; não sabe decodificar entressafras líricas, interregnos idílicos. Não, não altere a ordem dos elementos afeitos aos sublimes incitamentos: Musa não deveria-precisaria entrar nos abismos de silêncio dele, Poeta – pelo contrário. Mas sinto-pressinto que preciso transgredir, preterir as leis universais dos ditames de todas as Odes – sim: entrar nos escaninhos, nos sumidouros, nas silenciosas entranhas do meu silente trovador. Ah, meu Poeta, preciso dispersar essa angústia de querer-precisar apalpar (inútil) versos inexistentes, poemas mortos. Vem! Não me deixe só neste cômodo desajeitado do desacolhimento absoluto. Vem! Estou só. Não deixe sua antiga Musa transgredir a ordem natural das coisas: não posso deixar a plangência que antes se acomodava na alma do meu Poeta se abrigar agora no meu próprio peito. Sim: você possivelmente não ouve meus uivos desolados; possivelmente esteja recolhido no subsolo desacorçoado de si mesmo. Ah, preciso me redimir de pretéritas desconsiderações para possivelmente trazer de volta, com meus eflúvios inspiradores-vivificadores, você, meu único-intransmissível Poeta. Vem! Não deixe que nosso quase-amor se queime de vez nas labaredas do Pretérito. Ah, meu Poeta: caí nas ciladas incansáveis-insaciáveis das divindades do Desamor – sim: caí nas emboscadas delirantes dos possessores das trevas; dos senhorios dos sumidouros e escaninhos dos Desconsolos *in totum*; das deusas tecedoras de Desventuras. Vem! Desci muitos degraus, todos os degraus – sim: agora estou no térreo daquela Torre das quase-impossibilidades-absolutas; abandonei aquele sombrio espaço dos Imperceptíveis; lugar muito, muito acima do chão, no qual vivia nossa tribo: clã invisível das Musas Dissimuladas. Vem! Vamos vivificar, renovar Hipóteses Idílicas, manufaturar o Possível com as urdiduras do Destemor. Ah, Poeta, meu Poeta, quero-preciso ser outra vez sua Musa. Vem! Não seja náufrago do próprio Silêncio: libere esse seu conglomerado gramatical – solte todas as vogais, todas as consoantes, todas as palavras, todos os versos, todos os poemas, mirando-os num único alvo: eu, sua Musa, sua única eterna Musa; desfaça dentro de si, aí, possivelmente acocorado agora num canto silencioso-arredio da Sintaxe ensimesmada – sim: desfaça dentro de si essa camada sombria superposta de angústia e melancolia. Vem, Poeta, meu Poeta, estou definhando: sou Musa oca-vazia sem versos-vísceras, sem poema-oxigênio – sim: quase-viva, quase-morta. Chamo agora à memória quando você me disse, implorando: *Ah, minha amada Musa, vou morrer logo – você precisa apressar seu amor por mim.* Sim: clã invisível das Musas Dissimuladas. Oh! Desmesurada desatenção! Musa metafísica? Musa incognoscível? Musa-real-cruel que matou o próprio Poeta? Não, não posso acreditar na possibilidade desse crime epopeico. Ah, pudesse criaria longas e (agora sim) metafísicas garras para arranhar até sangrar todos os meus Arrependimentos. Sim, meu Poeta, você, eu, somos dois zumbis caminhando a trouxe-mouxe pelas veredas dos não-versos, vivendo na cidadela dos não-poemas. Sim: moramos-vivemos numa região de aridez vocabular: caatinga cântica; desolação quântica. Vem! Acertei-cadenciei meus passos para evitar outros futuros tropeços idílicos. Ah, um verso, único verso, careço do seu afeto poético, vem! Vem, meu Poeta, seu silêncio é o mais impiedoso de todos os silêncios – mudez pungente. Não, não me impeça de aconchegar você, nelas, suas palavras. Não, Poeta, hoje sei que não foram as armadilhas do Acaso. Não, não deixe que eu seja meu próprio cortejo de perspectivas inacessíveis. Ah, deixe o vento do perdão carregar para outras lonjuras o rancor móbil deles, meus vulgares, vis, vilipêndios. Agora? Musa errante, errada, arrastando seu próprio conglomerado de reconsiderações, seu ajuntamento de pungimentos. Vem! Vem, Poeta, meu Poeta, debelar de súbito todas as minhas adversidades descendentes da não-emanação da emoção, do não-lirismo. Eu? Musa? Agora, aqui, nos próprios sumidouros tateando versos invisíveis, tentando apalpar poemas inexistentes. Sim, sei: crime de lesa poesia Musa não atinar Poeta. Não soube exercer com razoável competência o ofício de polir as lentes dos enigmas do Grande Amor. Sei: você possivelmente esteja agora acocorado no canto sombrio da desalentadora gramática do Arredio; encolhido debaixo da dolorosa sintaxe do Desprezo. Eu? Meu aspecto? Musa espectro. Sim, Poeta: jogando com as palavras à sua semelhança para tentar cativar você – transgredindo a ordem natural das coisas; Força inspiradora às avessas. Sim, sei: não posso tal qual os poetas, *desafiar o vazio, sacudir o nada com blasfêmias e gritos*. Ah, sei, Vicente Huidobro, que também *sou vertigem do nada caindo de sombra em sombra*. Sim: Musa citando o poeta do Poeta para cativar seu próprio Poeta. Ah, você não me ouve: possivelmente esteja acocorado num canto qualquer da Transcendência procurando-tentando ouvir o eco desmesurado do Desconsolo; estudando a anatomia do Inatingível – sim, meu Poeta, você sempre foi afeiçoado aos sutis, atento às miudezas, aos subliminares, aos inconscientes. Sim, sei, você não me ouve: possivelmente esteja de cócoras contemplativo: se exilou de vez no subsolo do Incognoscível – motivo pelo qual preciso gritar em alto, bom som: Vem! Vem, meu Poeta: apega-se à ideia do Regresso – volte aos tempos das quase-bem-aventuranças. Eu? Musa? Agora, aqui, tentando-querendo trazer de volta meu ajuntamento de Impossibilidades; querendo-procurando abafar de vez os ruídos estarrecedores dos Desacertos; tentando-procurando romper as amarras dos infortúnios idílicos. Vem, Poeta, sou sua antiga combinação sonora agora no sereno procurando-querendo se aconchegar numa rima interna. Não, não estou preparada para as emboscadas da solidão poética. Eu? Musa? Agora, aqui, me sentindo uma daquelas emurchecidas folhas da ressequida árvore das Probabilidades. Ah, perdão, Poeta: infatigável, desarvorado anjo torto sussurrava ambiguidades no ouvido de sua indecisa Musa; sim: eu e meu Duplo tempo todo atarantados com as próprias dissenções, nosso caudal de desavenças – duelos psicológicos, embates existenciais. Ah, Poeta, meu Poeta, a despeito de tudo não alumie seu caminho com o lume da Mágoa, com as labaredas das Exulcerações. Sim, sei: certas cicatrizes são irremediáveis; igualmente inexorável, a intransigência do Rancor. Ah, você não me ouve: possivelmente já ancorou seu silêncio no cais da Sensatez. Mesmo assim insisto nelas, minhas plangências – vem! Preciso retirar-expulsar aí de dentro de sua alma poética essa insuportável penca de Irrealizações idílicas. Vem! Volte a transitar com desenvoltura nos recônditos da gramática, nas funduras dos vocábulos. Não, não deixe que os ressentimentos se aglutinem no âmago de seus possíveis-prováveis futuros versos. Vem, Poeta, estou aqui – não decrete com olhares oblíquos a inexistência do Horizonte. Vem! *Que vai acontecer a todas estas nossas lágrimas?* Sim: cito Swinburne, um de seus preferidos poetas para agradar você, meu Poeta preferido. Vem! Agora sou eu, sua Musa que está aqui, invisível, acocorada no canto, carente de Apalpamentos poéticos. Ah, Poeta, seus versos, inéditos versos, iriam subjugar meus reiterados presságios funestos e seus apetrechos atafulhados de rumores e premonições; iriam desfazer essa sombria atmosfera de incertezas; iriam abafar meus cantos plangentes urdidos de desesperança – refratários às possibilidades. Um verso, Poeta, único verso-alento abafaria esse som ensurdecedor da prematuridade do propício. Ah, Poeta, vem! Estou quase morrendo enrodilhada naquela amoreira quase-morta. Eu? Musa? Agora, aqui, desprovida de afagos líricos, afetos mínimos. Vem! Sinto-pressinto que vou perder de vez minha serenidade, vou convergir minha esperança ao plantio do Desalento – sim: o desespero se substancia, fica cada vez mais difícil apascentar esse cardume de exasperações, aquietar a improcedência do momentâneo. Sim, Poeta, meu Poeta, estou intuindo-pressentindo a perenidade dos esmorecimentos; agora sou eu que vivo tempo todo tropeçando nos Incompreensíveis; esbarrando a todo instante nos próprios pungimentos; envolvida - entrelaçada nos emaranhados dos próprios enigmas. Ah, vem, traga seus versos plenos capazes de debelar esse cortejo imenso de Inquietudes. Ah, meu Poeta, estou-estamos, à semelhança de Altazor, parados na ponta do tempo que agoniza. Vem! Digo-repito: não posso me aclimatar de vez com a sintaxe, com a gramática dos cantos plangentes urdidos de desesperanças; não posso me acostumar com a própria indecifrável caligrafia garranchosa da Aflição. Sim, Poeta, meu Poeta, os clamores se efetivam em minhas entranhas – vem! Difícil viver às expensas do Acaso, ficar na espreita das surpreendências do Inesperado. Ah, Poeta, não me deixe viver agora sussurrando nos remotos de mim mesma: não é aconselhável entrar de vela acesa nos próprios recônditos. Ah, Poeta, meu Poeta, atordoante demais esse meu reiterado ziguezaguear entre os chamuscos da saudade e da inquietude e do desespero. Sim, vou insistir: minhas perspectivas idílicas ainda não ultrapassaram os pórticos do desengano. Sim, sei, você não me ouve: possivelmente esteja acocorado num canto do Desconforto Absoluto dizendo para si mesmo, à semelhança do nosso Henri Michaux: *Quando me virem, bom, não sou eu* – motivo pelo qual grito em alto, bom som: vem! Não posso viver circunscrita aos próprios balbucios incompreensíveis, às evocações amargas; devo-preciso me esquivar da fulminância do Improvável; da obstinação rancorosa do Menosprezo. Não, não posso me esconder abatida nos escaninhos do Desfavorável; não, não posso me subjugar à autonomia do Desengano. Vem! Juntos poderemos estancar os eflúvios dela, sua amargura, Poeta, meu Poeta. Sei: você possivelmente esteja agora acocorado na substância do Indiferentismo – mesmo assim imploro: não deixe seu amor viver propício aos precipícios. Ah, Poeta, ignore e olhe apenas de soslaio as insinuações do Improvável. Vem! Traga de volta aquelas entonações adequadas, aqueles gestos adequados às possíveis soluções idílicas – agora sei: seus voos sempre foram de intenções verdadeiras. Ah, Poeta, você não me ouve, eu sei: possivelmente esteja às voltas com pensamentos truncados-inacabados – vivendo talvez momentos de escuridão íntima, possivelmente ouvindo os cochilos e rumores de um pretérito quase-idílico, quase-irreversível. Ah, Poeta, meu Poeta, agora também sei da dificuldade de rastrear a geografia do Abandono – mesmo assim, imploro: não se deixe consumir pelas areias do aliterante deserto da descrença. Você possivelmente esteja agora acocorado aí no subsolo do Desconsolo possivelmente querendo me dizer que certos gestos litúrgicos não conseguem contornar a silhueta do Inexistente. Contudo, digo-repito-imploro: um verso, único verso, conseguiria subjugar ventanias e encabrestar tempestades e encapsular meus redemoinhos móbil dele, meu remorso. Agora? Musa e Poeta, ambos – sim: nós dois nos mantendo à tona das mesmas águas da Angústia; reduzindo a estilhaços a decisão prévia ao entusiasmo. Não, meu Poeta, não podemos ser raptados pela tristeza – vem! Vamos rechaçar, juntos, os incitamentos ziguezagueantes da Indecisão. Você não precisa se proteger atrás do escudo da Ausência, do não-comparecimento; não pode não deve suprir de vez o hábito da participação. Vem! Juntos vamos nos reconciliar, estabelecer a paz entre nós e a perspectiva da bem-aventurança idílica; vamos envolver-afagar com nossos braços os igualmente quatro pontos cardeais do espectro da Esperança. Ah, Jorge, esplendoroso Jorge de Lima: será que ele, meu Poeta, também *se declarou morto porque a morte é apenas uma continuação?* Você, um dos nossos versejadores preferidos, sim: você saberia me dizer se ele, meu Poeta, agora *vive através dos desfiladeiros solitários e largos, va-*

gando com seus pensamentos frontais? Vem! Poeta, meu Poeta, um verso, único verso, possivelmente iria irrigar a aspereza, a rudeza, a secura dela, minha solidão – sim: suas palavras possivelmente seriam aragem para debelar-amenizar o hálito quente desse meu insulamento poético; iriam possivelmente desfazer minha premeditada desigualdade idílica – sim: Musa desdenhar o próprio trovador é provocar desequilíbrio-ecológico-poético. Sim, magnífico Jorge de Lima: minha efígie de Musa também está desfigurada pelo orgulho, meu trono está igualmente povoado de insetos. Vem! Vem, meu Poeta, um verso, único verso possivelmente seria gotícula mágica capaz de aliviar meus olhares extenuados procurando lonjuras. Sim: você e eu sabemos como é extenuante procurar abranger com a vista os contornos da Transcendência, procurar entender a mímica do Desarrazoado. Sei: você não me ouve. Possivelmente esteja agora acocorado num canto da sintaxe do Desacolhimento querendo-tentando se precaver contra as próprias contradições idílicas, contra as próprias antinomias utópicas. Sim, Poeta: o amor é uma algaravia paradoxal – mesmo assim, vamos viver entrançados-abraçados nesse emaranhado atafulhado de discrepâncias. Vem! Retire-se de vez desse diminuto-sombrio espaço circunscrito nos porões dos Improváveis – estou aqui, Poeta, sou eu, sua Musa: quero substanciar-vivificar suas acrobacias líricas. Vem! Juntos sairemos desse ambiente salobro das vulnerabilidades; poderemos farejar as voluptuosidades do Eventual, as luxúrias do Acaso, as propiciações do sagrado desejo de cooptar o Imprevisível. Vem! Juntos poderemos começar a aspirar os bem-aventurados ares das Probabilidades – nunca mais lançar mão dos regateios das incertezas idílicas. Ah, Poeta, meu Poeta, minhas plangências se sucedem ininterruptas formando dentro do peito conglomerado de queixumes. Vem! Volte a cavar esperança com o talhe fundo-profundo deles, seus vocábulos-poéticos-exortativos-recitativos. Eu? Musa sonâmbula? Agora querendo-tentando escalar degrau a degrau todos os caminhos dos alvissareiros, cujas andanças adormecidas possivelmente poderão me levar em direção ao Êxito-Idílico. Eu? Musa? Quase sempre dominada pela soberba, me considerava metal preservado (por leis próprias) das oxidações do Desdém. Sim: agora sei da necessidade de nutrir lirismo um do outro; entendo o motivo pelo qual você havia citado naquele poema este verso do magistral Jorge de Lima: *As minhas mãos são um disfarce de ti*. Antes? Não soube decodificar-decifrar meu próprio Poeta; não soube me posicionar confortável em seus versos – sim: musa-árvore-sem-seiva, musa-seara-sem-sol. Entanto, você,

Poeta, meu Poeta, não deveria se curvar furtivo diante dos deuses facilitadores de acasos funestos; viver reverencioso diante das deusas facilitadoras das desaparições do Afeto. Ah, meu Poeta, volte, procure desbastar outra vez a rudeza do próprio amanhã com seus pungentes-pontiagudos versos. Vem! Traga consigo seus sonetos para debelar os fungos, os musgos dela, minha inquietação de consciência. Vem! Tira-me destas planuras desertas carentes de aragens líricas – Musa sem Poeta é estepe sem lobos sem uivos sem Lua. Eu? Musa-quase-viva, insensata, despovoada de poesia. Agora? Angústia, solidão, inquietude, arrependimento – sim: substantivos todos se materializam e se entredevoram ferozes dentro do peito. Vem, Poeta, desfaça essa desesperada gramática com suas inéditas-reconfortantes elegias. Eu? Sigo procurando mágicos, prestidigitadores-restauradores de idílio quase--morto para Musa quase-viva. Você? Não me ouve – possivelmente esteja acocorado num canto querendo- tentando abafar uivos ensurdecedores da fatalidade; tentando-querendo decifrar linguagem abstrusa do Imponderável; convivendo com espectros das próprias mágoas que possivelmente incitam-provocam-vivificam camadas superpostas de Ressentimentos. Vem, Poeta, meu Poeta: não há mais indícios de versos nelas, minhas manhãs – afago poético se descambou de vez para Obliquidade. Sim, sei, você não me ouve: talvez esteja agora acocorado no porão dos Tatibitates possivelmente perguntando à semelhança dele, nosso Poeta Saint-John Perse: *O que havia então que já não há?*... Entanto, insisto, grito em alto, bom som: Vem! Traga consigo seu inédito verso para estancar de vez meus langores ineludíveis que provocam a todo instante desolados muxoxos, desolados desconsolos. Sim, agora entendo, Poeta, meu Poeta: você e eu fomos vítimas desses acasos vorazes e suas surpreendências fatais atafulhando nosso cesto de saudades infinitas – mesmo assim, digo-repito: Vem! Vamos, juntos, decifrar o Íngreme, perscrutar o Abissal – sim: decifrar as profundezas do declínio idílico. Ah, vem acalentar meu soluço puro, minha lamentação sincera. Eu? Agora? Musa ociosa: desocupada de Poeta e de verso e de poema. Vem! Suas palavras poderiam esquadrinhar meus ruídos plangentes. Sim, sei, você não me ouve: possivelmente esteja acocorado num canto de quarto qualquer alhures, algures – algum lugar no qual seria possível decodificar in loco o substantivo SOLIDÃO. Vem! Não, Poeta, não me sinto à vontade vivendo contígua às precariedades idílicas, caminhando *pari passu*, simultânea às insuficiências poéticas. Sim, sei: você não me ouve: possivelmente esteja de cócoras num canto qualquer do Desconsolo, dizendo-concluindo talvez que o amor está sempre na espreita, de tocaia, atrás do Imponderável, para se atracar com a Desilusão. Ah, Poeta, sou eu, sua Musa! Vem! Juntos poderíamos viver nos arredores do Provável. Vem! Traga consigo seus inéditos versos para desfazer de vez esse enxame invisível de silêncios idílicos. Ah, Poeta, meu Poeta, desesperador viver aqui no lado radicalmente oposto aos Indícios, procurando-tentando encontrar razão adequada para a própria existência. Eu? Agora? Destroços de mim mesma: Musa-cacos-de-versos-inacabados; Musa-carpideira chorando-velando poemas mortos. Sim, sei, você não me ouve: possivelmente esteja de cócoras num canto da sala da casa das deusas dos Extravios. Entanto, imploro: Vem! Um verso, único verso traria de volta as águas de minha agora ressequida fonte de absorvências líricas. Eu? Musa? Carente de mesuras e lhanuras, madrigais e cerimoniais. Ah, Poeta, meu Poeta, tente-consiga destorcer caminho, voltar trazendo de presente seu alforje de linho lírico atafulhado de rimas e assonâncias e sonetos. Sei, hoje sei: faltou equidade lírica entre nós – não levei em consideração nem mesmo a qualidade sonora, o ritmo rico desta benevolente proparoxítona: EQUÂNIME. Agora sei o motivo pelo qual você vivia tentando-querendo escarafunchar com suas palavras esquadrinhadoras possíveis-

-prováveis esplendores internos – possivelmente entranhados em meu inexplorado subsolo. Vem! Agora sei que devo-preciso me refugiar neles, seus versos acolhedores. Sim, você não me ouve: possivelmente esteja de cócoras num canto qualquer impedindo a chegada prematura das palavras; vivendo talvez alheio às complacências, frio, arredio às branduras, incorporando o adjetivo Insensível ao seu vocabulário; vivendo irreconciliável-implacável aos apelos dos deuses da Indulgência. Entendo, Poeta: são sempre frustrantes essas não-realizações que surgem de súbito desestruturando a geografia do Talvez. Entanto, imploro até à fadiga em alto, bom som: Vem! Seus versos poderiam tolher meu torpor, meu entorpecimento móbil da não-existência do Encantamento, da inexistência do Deslumbre, do Arrebatamento. Eu? Musa? Cumprindo talvez um rito da espreita infecunda-infrutífera? Ah, Poeta, meu Poeta, um verso, único verso possivelmente arrefeceria meus tatibitates. Vem! Sim, sei, você não me ouve: possivelmente esteja acocorado num canto qualquer da Solidão Absoluta, dizendo, à semelhança de Anna Akhmatova: *Alguns foram embora, outros estão distantes*. Ah, Poeta, meu Poeta, sensação de que sinto os eflúvios, o hálito profético do Desencanto, do Desapontamento Absoluto. Entanto, imploro, em alto, bom som: Vem! Eu? Musa?

Vivendo subjugada-dominada pela força implacável-
-sombria da antinomia do Fulgor. Ah, não soube me
aconchegar-balançar prazenteira nelas, suas estrofes.
Sim, sei, você não me ouve: possivelmente me diria
agora que nunca saímos ilesos *in totum* dos Desmoro-
namentos Utópicos; que não podemos estancar o ci-
clo desordenado dos feitiços dos deuses do Desamor.
Entanto, insisto: Vem! Um verso, único verso poderia
abrir as fronteiras do Acontecer – sim: precisamos-
devemos ser capturados pelo Acontecimento Idílico.
Desolador viver tempo todo tateando obscuridades
poéticas – um poema, único poema aquietaria esse
peito arfante-ofegante implorando a todo instante
quintetos e tercetos; um poema, único poema me li-
bertaria dessa insaciável vertigem móbil dos rodopios
da angustiante espreita do possível Nunca-Mais – sim:
desesperadora espera de um provável-definitivo Não-
Poema. Entanto, digo-repito: vem! Não insista em
manter essa severa-implacável distância poética. Eu?
Musa? Agora, aqui, refém das contemplações etéreas-
voláteis procurando apalpar talvez o Intangível – sub-
missa ao Hipotético; possivelmente diante das intran-
sigências do circunstancial, do fortuito. Sim: preciso
seduzir o insondável implorando-pedindo outra vez:
vem, Poeta, meu Poeta! Um verso, único verso conse-
guiria-impediria que fosse meu próprio cortejo de

perspectivas funestas, de profecias insanas; estancaria meus esmorecimentos, meus assombramentos móbiles do desabrigo poético. Ah, meu trovador, impeça a possível perpetuidade do Desalento, a possível perenidade do Desamor. Eu? Agora? Musa-Quimera? Musa-Fantasia-Ficcional de Poeta fingidor? Ah, um dístico, único dístico sincero me tiraria desta superfície possivelmente circunscrita aos lirismos ardilosos. Eu? Agora? Musa-Escombro-de-Mim-Mesma. Entanto, insisto: não vou ficar na varanda contemplando Arrependimentos, cultivando Inutilidades. Ah, Poeta: um verso, único verso poderia abolir de vez o corte e seus apetrechos – a cicatriz, por exemplo. Vem! Vamos, à semelhança dela, nossa Hilda Hilst, *apascentar os olhos para novas vidas* – idílicas. Chove, choro: careço do seu poema-estiagem para reparar as empenas do telhado do Recomeço. Vem!

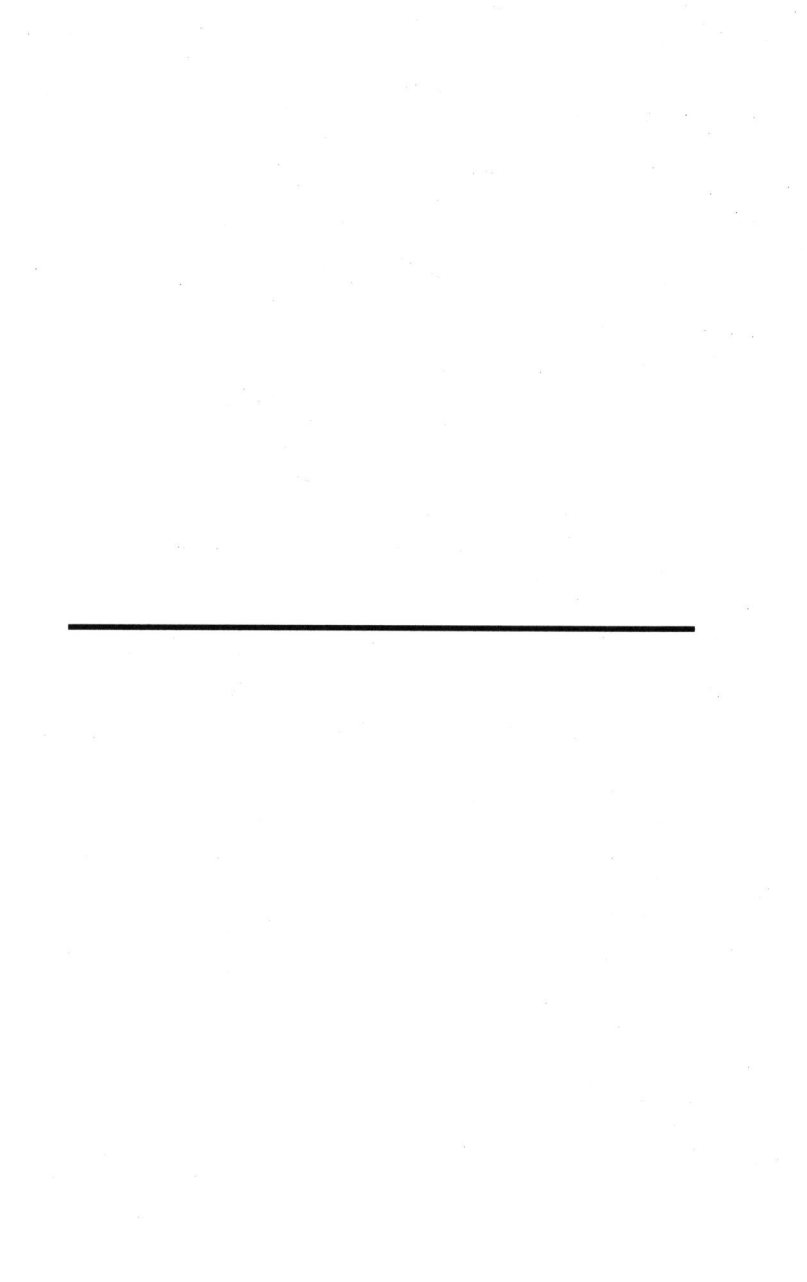

*Obrigado,
Anita Deak,
minha amada amiga
niilista lírica.*

© Editora NÓS, 2019

Direção editorial SIMONE PAULINO
Projeto gráfico BLOCO GRÁFICO
Assistente editorial JOYCE DE ALMEIDA
Revisão JORGE RIBEIRO

Dados Internacionais de Catalogação na Publicação (CIP)
de acordo com o ISBD

Ferreira, Evandro Affonso
Moça quase-viva enrodilhada numa amoreira quase-morta
Evandro Affonso Ferreira
São Paulo: Editora Nós, 2019

ISBN 978-85-69020-42-4

1. Literatura brasileira. 2. Romance. 3. Conto. I. Título.

CDD 869.89923, CDU 821.134.3(81)-31

Índices para catálogo sistemático:
1. Literatura brasileira: Romance 869.89923
2. Literatura brasileira: Romance 821.134.3(81)-31

Elaborado por Vagner Rodolfo da Silva, CRB-8/9410

Todos os direitos desta edição
reservados à Editora NÓS

Fonte FREIGHT
Impressão IMPRENSA DA FÉ
Tiragem 1000